鬥嘴一班 ㉔
潮流狂迷

卓瑩 著

新雅文化事業有限公司
www.sunya.com.hk

人物介紹

文樂心
(小辮子)

開朗熱情，
好奇心強，
但有點粗心
大意，經常
烏龍百出。

高立民

班裏的高材生，
為人熱心、孝
順，身高是他
的致命傷。

江小柔

文靜溫柔，善解人意，
非常擅長繪畫。

胡直

籃球隊隊員，
運動健將，只
是學習成績總
是不太好。

黃子祺

為人多嘴，愛搞怪，是讓人又愛又恨的搗蛋鬼。

周志明

個性機靈，觀察力強，但為人調皮，容易闖禍。

吳慧珠 (珠珠)

個性豁達單純，是班裏的開心果，吃是她最愛的事。

謝海詩 (海獅)

聰明伶俐，愛表現自己，是個好勝心強的小女皇。

第一章　最不公平的遊戲

這天的天色不太好，整日都是一片灰濛濛。幸好今天是考試的最後一天，是大家期待已久的日子，每一位從校園走出來的同學，都掛着一張比

太陽還燦爛的笑臉，為原本沉鬱的大地，補回了一點喜悅的氣氛。

文樂心、江小柔、吳慧珠和謝海詩同樣是喜滋滋的，她們一行四人手牽着手，一蹦一跳地向着附近的一個大商場走去。

這是一個共有六層高的大商場，
場內除了設有各類小商店和食肆外，
還有一間規模頗大的百貨公司，貨品
種類繁多，無論各種衣飾、皮革、家
居用品、電器等都一應俱全。

　　然而，她們並未有到處閒逛，而
是直接來到百貨公司內的兒童部。

兒童部

9

這個兒童部除了售賣兒童服飾外，還特別在一角放置了旋轉木馬、夾娃娃等多台投幣式的電動遊戲設施，作為兒童的玩樂天地。

吳慧珠快步跑在前頭，熟門熟路地來到其中一台遊戲機前。

這時時間尚早，許多學校都還未下課，遊戲機前一個人也沒有。

「嘩，太好了，現在不用排隊，我們就可以隨意玩個夠了！」吳慧珠興奮地喊。

這台遊戲機是以少女模特兒為題材，出現在屏幕中的每一位少女，衣

着打扮都是既獨特又時尚，十分明豔動人。

文樂心每次跟媽媽一起逛商場時，都會有一大羣孩子圍在這兒，引得她也很想玩玩看，但無奈一直苦無機會，現在難得可以隨便玩，自然是躍躍欲試。

不過，她站在遊戲機前，反覆找了好幾遍，卻始終找不着投幣的地方，不禁疑惑地問：「奇怪，這台遊戲機難道是免費的？怎麼都沒有投幣處？」

江小柔連忙解釋道：「這台遊戲

機跟普通投幣式的遊戲機不同，它不是逐次投幣的，而是要預先到櫃台購買遊戲卡的！」

「買了遊戲卡後，你便可以憑卡無限次重玩。」吳慧珠從錢包裏取出好幾張印着少女模樣的遊戲卡，然後

將卡往遊戲機的讀卡處一掃，卡上的少女便在電子屏幕上顯現。

文樂心目不轉睛地看着屏幕，熱切地問道：「這個遊戲是怎麼玩的？」

江小柔在旁解釋道：「玩法很簡單，你只要利用遊戲卡內提供的衣飾，為屏幕上的少女搭配裝扮，然後

由電腦作出評分，少女的裝扮越漂亮，分數便會越高。當然，過程中會出現很多障礙，但也不難過關的！」

「遊戲卡上的服飾，都是經過精心設計，每一款都很漂亮的，你看！」吳慧珠向她展示自己的遊戲卡。

每張遊戲卡上，都印了一位漂亮的女孩子。她們有穿着華麗宮廷服的，有束着雙馬尾配百摺短裙的，有戴着金絲眼鏡配西服裙子的，也有穿着時尚與活力兼備的運動服裝的，無論是哪一種風格，都搭配得既可愛又獨特。

文樂心即時一見傾心，連聲讚歎
道：「嘩，這些衣服都很漂亮啊！」

　　謝海詩托一托眼鏡，瞄了吳慧
珠的遊戲卡一眼，歪着嘴角「嘿」的
一聲說道：「她這些算得什麼？看我
的！」

　　她不慌不忙地打開書包，從中
掏出一本厚厚的活頁收納冊，將它翻
開，只見裏面共有數十張透明的卡
片活頁，每張都整齊有序地放滿遊
戲卡。

天下無敵

　　江小柔把收納冊取過來一看，不禁驚訝萬分地喊：「嘩！這麼厚的一本收納冊，裏面該有超過一百張遊戲卡吧？很厲害啊！」

　　謝海詩嘿嘿地一笑道：「當然，有了這些卡，我可是打遍天下無敵手

呢！」

　　吳慧珠很不服氣，馬上舉手向她挑戰道：「我才不相信！我們就先來一局，怎麼樣？」

　　「好呀！」謝海詩爽快地答應。

　　吳慧珠的身手很靈活，失誤的次

數很少，但不知為何，最後還是謝海詩勝出了。

「怎麼會這樣？」吳慧珠不服輸，接連玩了好幾局，但每次都無法超越謝海詩。

站在旁邊觀戰的文樂心，十分替珠珠感到不值，「不如讓我來試試！」

謝海詩昂起頭，擺出勝利者的姿態道：「好呀，我奉陪到底！」

文樂心吸取了珠珠失敗的經驗，在整個遊戲過程都十分謹慎，完全沒有失誤，倒是謝海詩失手了好幾回，讓她暗中竊喜，以為必定可以獲勝，

誰知最終還是謝海詩略勝一籌。

「怎麼會這樣？」文樂心很不甘心地問。

「你還不明白嗎？這就是遊戲卡的威力啊！」謝海詩笑了笑，隨手指着一張遊戲卡，「每張遊戲卡的右上角，都印了一個數字，數字越高，卡主在遊戲中所得的分數便會越高。」

吳慧珠低頭看了看自己的遊戲卡，只見上面印着的數字，大多都是「1」，而謝海詩的遊戲卡，卻全部都是「3」。

「怪不得我們會輸！」文樂心和

吳慧珠恍然大悟。

文樂心忿忿不平地說：「這樣也
太不公平了！」

這樣也
太不公平了！

謝海詩揚了揚手上的收納冊，嘻
嘻一笑道：「哪有什麼公平不公平？
這只是實力的較量而已！」

文樂心受不了她這副得意洋洋的

模樣，忍不住氣呼呼地誇下海口：「你等着，我一定會找到分數比你高的遊戲卡，然後把你徹底打敗！」

吳慧珠沒有她的野心，只親暱地搭着海詩的肩膊，討好地游說道：「你的遊戲卡那麼多，應該也玩不完，不如就送我兩張高分卡嘛！」

其實珠珠不過就是開個玩笑而已，沒想到謝海詩一聞言，便緊張兮兮地把收納冊往身後一收，一臉堅決地道：「這是我去年考獲全級第一名

24

時，媽媽送給我的獎勵，可不能轉送
他人，你想要便自己去買！」

　　碰了一鼻子灰的吳慧珠，吐了吐
舌頭，對她做了個鬼臉道：「自己買
就自己買，有什麼了不起嘛！」

第二章 天下最便宜的事

　　自從那天玩遊戲輸給謝海詩後，文樂心一直心有不甘，對於那些漂亮的遊戲卡，更是念念不忘，十分渴望可以擁有一套屬於自己的遊戲卡，在同學面前挽回面子。

$60

　　她原本是打算趁着跟媽媽逛街的時候，說服媽媽買給她的，卻沒想到媽媽只看了遊戲卡

一眼，便皺起眉頭道：「買一包遊戲卡要六十元，但裏面只有五張遊戲卡。換而言之，每張卡的平均售價是十多元，這也太貴了吧！更何況，玩遊戲有什麼好？我寧願買一本書給你看看好了！」

文媽媽説罷，便不由分説地拉着她離開了。

文樂心見自己的如意算盤打不響，只

好另謀對策，卻一直想不出什麼好辦法。

　　直到有一天，因為醫院有突發事故，身為護士的媽媽，連續幾天都要留在醫院當值，臨行前把一張百元鈔票塞進她的手中，吩咐她道：「這幾天的早餐，你自行在校內小食部購買吧！」

　　文樂心看着手上的鈔票，頓時喜

上眉梢：「這次真是天助我也，我的模特兒遊戲卡，終於有望了呢！」

　　這天的第一堂課是體育課，胡老師一進來，便命令道：「請大家繞着運動場跑十個圈。」

　　運動向來不怎麼樣的文樂心，一聽到要跑圈，心裏已暗叫不好，當她跑着跑着，忽然就感到頭有點暈，然

後腳下一軟，幾乎便要倒下去。

幸好高立民剛巧從她身旁跑過，及時出手扶了她一把，才不致於跌倒在地。

高立民確定她站穩了後，隨即語帶嘲諷地笑道：「小辮子，你怎麼回

事了？沒吃飯嗎？」

　　文樂心連回應的力氣也沒有，只
勉強向他點點頭，道了一聲謝。

胡老師隨後跑上前查問道：「怎麼啦？你沒什麼事吧？」

　　「沒事，只不過感到有點乏力而已。」文樂心連忙擺着手。

　　胡老師看了她一眼，疑惑地問：「文樂心，你該不會是沒有吃早餐吧？」

　　文樂心沒料到會被老師一眼看穿，頓時有點心虛，不知該如何應對。她總不能告訴老師，自己把

買早餐的錢，全用
來購買遊戲卡吧？

　　她只好吞吞吐吐地
道：「今天我晚了起牀，所
以來不及吃早餐。」

　　胡老師看到她這副神情，其實早
已猜出幾分，但他沒有要拆穿她的意
思，只向她說明當中的利害：「無論
如何，早餐也不能不吃，否則你哪有
體力應付忙碌的課堂？不吃早餐會影
響健康啊！」

　　「對不起，胡老師，我以後不敢
了！」文樂心怯怯地低下頭。

胡老師説完後，便為她找來牛奶及餅乾充飢。待她稍作休息，回到教室後，江小柔關心地問道：「心心，你沒事吧？」

文樂心漲紅了臉，悄聲地解釋道：「其實我是為了省錢，所以今天沒吃早餐，卻沒想到上體育課時，因體力消耗過大而頭暈，現在已經沒事了！」

「為什麼要省錢？」江小柔好奇地問。

文樂心吐了吐舌頭道：「其實也沒什麼，我原本是希望媽媽能買幾

張模特兒遊戲卡給我，可惜她怎麼也不肯答應，便只好靠節衣縮食來存錢了！」

江小柔看着她這副可憐的樣子，心中有點不忍，當天回家後，便翻箱倒篋，把一些自己已經玩膩了的遊戲卡，全部送到文樂心面前。

文樂心頓時既驚訝又感動，一臉不確定地連聲追問：「小柔，你真的把卡都送給我嗎？」

江小柔大方地笑道：「這些卡都是多出來的，我留着也沒用，就送給你好了！」

「小柔，你最好了！」文樂心樂不可支，連忙珍而重之地把卡接過。

其他女生們見到，紛紛七嘴八舌地追問道：「小柔，我也想要喔，你還有多餘的珍藏嗎？」

坐在一旁的高立民見大家鬧哄哄的，禁不住也探頭過來，感興趣地問：「到底是什麼寶貝？讓我也見識見識喔！」

然而，當他看到文樂心手上的遊戲卡時，頓時大失所望，不屑地道：「我還以為你們在爭什麼了不起的寶貝，這些女生的小玩意，我隨時隨地

都可以免費得到啦！」

　　文樂心眉頭一揚，冷笑一聲道：
「你別吹牛了，天下間哪有這樣便宜
的事？」

　　高立民聳了聳肩膀，得意地輕笑
一聲道：「信不信由你！」

信不信由你！

　　女生們聽高立民說得如此實在，似乎不像在開玩笑，都禁不住好奇地問：「你是說真的嗎？在哪兒可以免費獲得遊戲卡啊？」

　　「你們猜！」高立民歪着頭，故意賣關子地掃視了大家一眼，才慢慢地從抽屜中，取出一本兒童雜誌，然後翻到雜誌內的其中一頁道：「就是這兒了！」

　　「這是什麼？」文樂心疑惑地接過雜誌。

　　原來這是一篇兒童雜誌的徵文啟
事，凡投稿到雜誌社的學生，均可獲
贈一張模特兒遊戲卡，以示鼓勵。如
文章能成功被選中刊登者，更可從贈

品清單中，選取其中一項作為獎勵。

　　「嘩，這個徵文活動的獎品，竟然是模特兒遊戲卡呢，太棒了！」文樂心興奮得跳了起來。

　　「獎品怎麼就只有女生的東西？這樣也太偏心了吧？」黃子祺不滿地說。

　　高立民搖搖頭，一本正經地糾正道：「活動的獎品當然不止這個，還

有很多其他豐富獎品呢，你們可以慢慢看清楚啊！」

　　周志明的反應最敏捷，第一時間衝上前查看，然後驚喜地喊道：「嘩，是真的呢！獎品除了有一套二十張的模特兒遊戲卡外，原來還有懞面超人模型、公主造型廚具套裝、各種積木模型玩具等等呢！」

　　霎時間，無論男生女生，都被豐

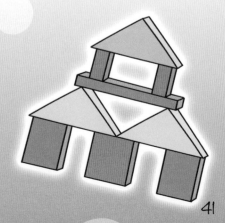

富的獎品吸引住，爭相上前查詢，而當中又以文樂心的表現最積極。

她一馬當先地把雜誌搶過來，大聲地將徵文細則朗讀起來：「各位小朋友，端午節快到了，你們喜歡這個傳統節日嗎？歡迎大家以此為題材，創作一篇不少於四百字的文章。」

「啊？要寫四百字這麼多喔？」當大家得知原來要寫這麼多字後，原本滿腔的熱血，一下子冷卻了大半，紛紛打起退堂鼓來。

吳慧珠也搔着頭，一臉為難地歎道：「唉，我的作文本來就不怎麼樣，

現在還要拿來跟別人比試，會不會太
不自量力了？」

　　文樂心也懊惱地道：「作文也
並非我的強項，能從中脫穎而出的機
會，應該不大吧？」

高立民「咔」的一聲笑道：「小辮子，還好你有點自知之明，省得白費一番心機呢！」

文樂心雖然信心不大，但也不容別人小看自己，特別是這個可惡的高立民！

原本打算要放棄的她，立刻挺直了腰身，語氣堅決地道：「即使如此，我也要放手一搏，反正又不會有什麼損失，況且世事難

料，說不定我就真的能成功呢！」

　　吳慧珠被文樂心的決心所感染，跟着連連點頭道：「你說得對，那麼我們便試一試吧！」

　　江小柔和謝海詩振臂一揮，齊聲喊道：「加油呀，我們支持你！」

　　高立民見大家都鬥志激昂，也不好再阻撓她們，於是只交叉着雙手，歪着嘴角笑道：「好呀，我等着見證你們的奇跡啊！」

第四章　捷足先登

　　模特兒遊戲卡真有魅力，原本對作文缺乏興趣的文樂心，為了得到遊戲卡，就真的坐言起行，當天回家完成功課後，便取出原稿紙，開始認真

地思考起來。

　　文媽媽見她沒有像平日那樣追看電視節目，而是一直躲在房內埋頭苦幹，忍不住走進來關心地問：「心心，怎麼你還沒完成功課？是今天的功課特別艱深嗎？」

文樂心對媽媽眨了眨眼睛，自信地笑道：「功課怎麼能難倒我？我只是在寫作文，預備投稿到兒童雜誌呢！」

「哦？」從不熱愛寫作的心心居然想投稿，文媽媽感到意外極了，連忙好奇地笑問：「你怎麼忽然有投稿的念頭了？」

文樂心撓了撓辮子，十分坦白地笑說：「其實也沒什麼，我只不過是看上了當中的禮物而已！」

雖然她的出發點只是為了禮物，但難得她願意提筆創作，文媽媽自然

求之不得，於是也很鼓勵地說：「既然如此，那麼你要加油啊！文章完成後，可以先給我看看，讓媽媽替你把把關！」

「真的？太好了！」有媽媽作她的後盾，文樂心頓時信心大增，於是也就寫得更賣力了。

吳慧珠用心地把文章完成後，也同樣請媽媽為她修改。

吳媽媽見珠珠突然這麼努力，雖然也心存疑惑，但這畢竟是一件值得鼓勵的事，於是也一口答應道：「難得你肯用功，我當然支持你啦！」

　　有媽媽在背後做軍師，文樂心和
吳慧珠都有了信心。由作品寄出的那一
天起，二人便滿懷希望地數算着雜誌
出版的日子，期待自己可以一舉成功。

這份兒童雜誌是以月刊形式出版，她們等了接近一個月，才終於等到雜誌出版的那一天。

　　當天下午放學後，她們便迫不及待地跑進附近的便利店，購買最新一

便利店

期的雜誌。

　　然而，當她們翻開雜誌，看到今期被選中刊登的文章後，都不禁驚訝得目瞪口呆。

黃子祺　　藍天小學

　　不過，她們並非驚訝於自己的落選，而是見到一個意想不到的人名——黃子祺！

　　吳慧珠張大了嘴巴，指着雜誌上的名字，吃驚地問：「這個黃子祺，是我們認識的黃子祺嗎？」

「除了他，我們學校還有第二個黃子祺嗎？」文樂心指着文章署名的位置。

吳慧珠仔細一看，才發現在文章署名旁邊，果然印有「藍天小學」四個小字，頓時一跺腳，有點不服氣地道：「是搞錯了吧？雖然我自知入選的機會不高，但怎麼也沒想到會被他捷足先登，真是氣人！」

然而，更氣人的事情，原來還在後頭呢！

一個星期後的一天早上，當文樂心和吳慧珠回到教室時，只見黃子祺

正被周志明、高立民、胡直、馮家偉和李海沙等同學圍着，手裏不知捧着什麼東西，耀武揚威地吹噓道：「你們看，這可是我參加徵文活動的獎品，漂亮吧！」

高立民皺起了眉頭，一臉嫌棄地問：「不是吧？你怎麼千不挑萬不選，居然選了這份獎品？我記得應該還有好幾個選擇的啊！」

黃子祺不以為意地回答：「對呀，這就是我的選擇啊！」

周志明撲哧一笑，嘲笑道：「喲，我怎麼沒看出來，原來你的品味是如

此獨特啊？」

　　文樂心和吳慧珠被勾起了好奇心，連忙擠上前去看個究竟。

　　原來他手上捧着的，正是她們朝思暮想的那套模特兒遊戲卡！

「哼！我怎麼可能喜歡這些女兒家的東西？我喜歡的可是陀螺和立體模型車呢！」黃子祺馬上否認，扭過頭想繼續反駁，卻恰好看到文樂心和吳慧珠就站在人叢之中。

他立即得意地一抿嘴角，故意朗聲地對周志明說：「你別看這套模特兒遊戲卡很幼稚，它可是女生羣中最搶手的寶貝，想得到它的大有人在呢！」

　　他一邊說，一邊有意無意地回頭，向她們示威地眨一眨眼。

　　吳慧珠受不了他這副神氣的樣

子，忍不住發聲問道：「既然你覺得遊戲卡幼稚，那你還要來幹什麼？」

他對文樂心和吳慧珠揚了揚眉，嘻嘻一笑道：「遊戲卡對我來說，當然是挺幼稚的，但在很多遊戲迷眼中，這可是無價寶呢！如果我們班有

哪位女生感興趣的話，我倒是很樂意以『友情價』賣給她們啊！」

「他是故意的！」文樂心和吳慧珠臉色頓時一沉。

看着黃子祺趾高氣揚的嘴臉，文樂心恨得牙癢癢，忍不住冷笑一聲，一字一句地回敬他道：「我們自有本領可以得到遊戲卡，就不勞你費心了，你這些卡還是留着自用吧！」

文樂心和吳慧珠雖然十分渴望能得到遊戲卡，但當得知黃子祺是刻意要拿遊戲卡來戲弄她們後，無論如何也不能讓他得逞。

當眾拒絕了黃子祺，面子的確是保住了，但她們想要的遊戲卡，也就落空了。

事後，文樂心不免有些內疚，「珠珠，我不該自作主張的，對不起呢！」

吳慧珠倒是無所謂地擺一擺手

道：「這不算什麼，我們再想別的辦法好了！」

然而，文樂心左思右想了很久，仍然想不出什麼好辦法，最終只能老老實實地拿出僅有的零用錢來購買。

她把整個月的零用錢花光，才剛好足夠買到兩包，雖然數量不多，但畢竟是真正屬於自己的遊戲卡，自然特別珍貴。

當她看着既閃亮又繽紛的包裝紙時，心中是充滿了期待：「包裝紙裏面的遊戲卡，到底會是什麼樣子的呢？」

　　她小心翼翼地把包裝紙拆開，卻
發現十張遊戲卡當中，竟然有三款是
相同的。

　　換而言之，她雖然擁有十張遊戲
卡，但實際上會應用的，就只有七款

而已。

「哎呀，怎麼會這樣啊？」文樂心失望之餘，不禁有種受騙了的感覺。

第二天回到學校，她心急地找來江小柔和吳慧珠查問，她們都一臉無奈地說道：「遊戲卡的款式是隨機派發，經常都會出現同款的情況啊！」

文樂心有點不敢相信，睜大眼睛問：

「即是我們購買遊戲卡，不但得花錢買，還得碰運氣了？」

謝海詩忍不住也插嘴道：「你別看我擁有一大疊不同款式的遊戲卡，其實我家中的抽屜裏，放着許多同款的遊戲卡呢！」

「噢，我的天！」文樂心拍一拍額頭，失望地歎息一聲，「如果我想把遊戲卡湊齊，豈不是難過登天？」

黃子祺遠遠

聽見了，頓時幸災樂禍地笑道：「怎麼會呢？我這兒有一整套二十張的遊戲卡在隨時恭候，而且保證絕對沒有重複啊！」

「你別看不起人！」文樂心輕哼一聲。

收集遊戲卡這件事雖然困難重重，但並未能讓文樂心打消念頭，反而越發激起她的好勝心。

當天晚上，文樂心躲在睡房內，踮起腳尖，把一個粉紅色小豬造型的錢箱，從書櫃的最頂層拿下來。

她捧着小豬錢箱，輕輕地搖了

　　搖，裏面隨即發出「咭噹噹」的響聲。

　　　這個小豬錢箱，是她剛滿三歲的
時候，奶奶送給她的小禮物。

　　　自從那天起，她便會不時把一些

剩餘的零錢，一分一毫地放進去。

　　她輕撫着小豬胖胖的身軀，心中也着實有點不捨，但為了能集齊整套遊戲卡，她不得不犧牲小豬了。

　　「小豬小豬，這次我真是養『豬』千日，用在一朝了呢！」她邊說邊把堵住小豬底部的膠塞旋開，把存在裏面的錢，全數取了出來。

第六章　失控的代價

這個周末的早上，文樂心如常地來到少兒管弦樂團的排練室，跟同樣是樂團成員的高立民、江小柔和宋瑤瑤，一起進行恆常的訓練。

　　到了樂團中途休息的時候，高立民趁着宋瑤瑤去了洗手間，有點不好意思地笑着問：「唏，大家記得我們約好下個星期六，到瑤瑤家為她慶祝生日嗎？我一直在煩惱該送什麼禮物給她才好。你們女生會喜歡什麼禮

物？不如你們給我出個主意吧！」

見到高立民居然也有不懂的事情，文樂心覺得有趣極了，忍不住逗他道：「女生喜歡的東西那麼多，應該有很多選擇，有什麼難呀？」

高立民頓時有些難為情，紅着臉地為自己辯解道：「送禮物自然是不難，但我們畢竟是出席生日會，如果禮物太便宜，我擔心會失禮，但價格太高的，我又負擔不起，這才令人傷腦筋啊！」

江小柔歪起頭，思考了一會道：「不如我們合資吧，這樣大家既不必

72

太花費，又可以買到一份較體面的禮物。」

「哦，好主意呀！」高立民笑着拍一拍掌。

文樂心也覺得小柔的建議很不錯，正想舉手加入時，才想起自己前陣子剛把所有的積蓄都花光了，她哪兒有錢跟大家合資啊？

　　但當着高立民的面，她又不好跟
小柔說明原因，只好故作從容地擺了
擺手道：「我已預備好送什麼給她，
所以你們的合資，我就不參與了。」

然而，生日禮物始終是不能少，她該怎麼辦才好呢？文樂心想了好幾天，仍然苦無對策，又不好意思找提議合資的小柔商量，只好暗中拉着吳慧珠和謝海詩，希望她們能替自己出謀劃策。

吳慧珠知道她的情況後，皺了皺眉，語帶責備地道：「心心，我明白你很喜歡模特兒遊戲卡，我也很喜歡，但像你這樣毫無節制，把所有金錢都花在這兒，實在是太瘋狂了！」

文樂心一臉慚愧地低下頭，小聲地說：「我也知道自己不對，但當初

見到大家的遊戲卡都那麼漂亮，心中十分羨慕，實在控制不住那股想要擁有的衝動。」

謝海詩也忍不住白她一眼：「看看你，因為一時的衝動，把自己弄得如此狼狽，你這是何苦呢？」

文樂心雙手合十道：「好了好了，

我現在已經很後悔啦，請你們快來幫我想想辦法吧！」

謝海詩聳了聳肩道：「為今之計，你只能想一想，有什麼是既免費又得體的禮物了！」

吳慧珠托着腮幫子，默默地沉思

了好一會後，忽然靈機一觸道：「不如你親手做一個蛋糕送給瑤瑤，如何？」

「嗯，這個主意不錯啊！」謝海詩讚道。

「啊？」文樂心嚇了一跳，急忙搖着頭説：「不行啦，我不會做蛋糕啊！」

「不會就學嘛！」吳慧珠豪氣地拍一拍胸膛，十分仗義地朗聲說：「有我這個小廚神在，你還怕什麼？」

第七章　最珍貴的禮物

　　吳慧珠雖然並不認識宋瑤瑤，但言出必行，到了瑤瑤生日會舉行當天，她一大早便帶備製作蛋糕的材料，專程來到文樂心的家，跟文樂心一起製作生日蛋糕。

　　「珠珠你最好了！」文樂心感激地説。

　　文媽媽見她們難得有此興致，也十分驚喜，馬上張羅着把客廳的餐桌騰出來，在上面鋪上一張潔淨的桌布，殷勤地招呼吳慧珠道：「你們就

在餐桌上做吧，這兒空間較大，比擠在狹窄的廚房裏好多了！」

由於製作蛋糕需時，文樂心和吳慧珠也不敢怠慢，匆匆把所需的材料和用具逐一放在桌上後，便開始動手製作。

製作蛋糕的第一步是什麼？當然就是打發雞蛋和麵粉了。

「首先，我們是要把麵粉倒進碗裏，對吧？」文樂心邊說邊徒手把麵粉的包裝紙撕開，正預備將麵粉倒進一個玻璃碗裏。

就在這時，門鈴忽然響起來。

「會是誰呢？」文媽媽疑惑地去應門。

　　原來正是隔鄰的壽星女宋瑤瑤，
文媽媽連忙把她迎進屋來。

　　文樂心聽到瑤瑤進門的聲音，立
即慌亂起來，「哎呀，我還沒有完成，
瑤瑤怎麼就來了？那麼我們的蛋糕就

藏不住了，快把東西收起來！」

　　她手忙腳亂地抓起桌上的材料和

工具，急忙地收進廚房裏去。

可惜已經太晚了，宋瑤瑤已從玄關走進來，一眼看見她們正在忙碌着，不知在幹什麼，立刻很感興趣地走到文樂心身旁問：「嗨，你們在玩什麼？」

突然聽到宋瑤瑤的聲音在耳邊響起，文樂心嚇得「哎呀」的叫了一聲，

雙手不由地一抖，手上捧着的那袋麵粉和碗子往旁傾側，竟剛好向着宋瑤瑤的方向倒去。

幸而在旁的吳慧珠眼明手快，敏捷地一手把麵粉袋子接住，才不致於讓麵粉傾瀉一地，但壽星女宋瑤瑤，卻無法倖免地沾上一身的麵粉，一張

敲門？」文樂心努一努嘴巴，擺出一副不依的樣子，笑着抗議道：「我們正在做蛋糕，打算給你一個驚喜，沒想到被你撞破了，真是掃興！」

宋瑤瑤不敢相信地睜大眼睛：「不是吧？原來你懂得做蛋糕啊？」

文樂心伸了伸舌頭，往吳慧珠揚一揚手道：「不是啦，我其實是請了我的好同學吳慧珠，為我作幕後軍師呢！」

宋瑤瑤聽到文樂心為了給自己製造驚喜，居然專門請來了幫手，不禁既開心又好奇，興致勃勃地上前請教吳慧珠：「你真厲害啊，可不可以也教教我？」

　　「當然可以，我們一起做吧！」吳慧珠無所謂地笑道。

　　「可是，我什麼也不懂呢！」瑤瑤不好意思地笑。

　　「別急，我們一步一步來！」吳慧珠微微一笑，馬上將桌子上的麵粉處理乾淨，然後重新把適量的麵粉倒進玻璃碗中。

　　就這樣，三個女生六隻手，一同

打雞蛋、拌麵粉，再把麵糊放進焗

爐裏。

　　好一會兒後，一個由她們合力炮

製的蛋糕，終於成功出爐了，濃郁的

蛋糕香味，一下子傳遍了整個客廳。

　　文樂心把蛋糕從焗爐中取出來，

把奶油塗抹在蛋糕上，再放上藍莓、

草莓及萄葡等水果作點綴，精緻的生
日蛋糕便大功告成了。

　　文樂心和吳慧珠捧着蛋糕，來到

94

瑤瑤的面前，齊聲向她道賀：「瑤瑤，生日快樂啊！」

　　這是宋瑤瑤第一次收到別人親手為她做的蛋糕，看着眼前這個滿載心意的蛋糕，她感到眼眶一熱，不禁感動地說：「噢，這是我收過的禮物當中，最珍貴的一份，謝謝你們！」

　　這時，文樂心才忽然明白，原來送禮物最講求的是心意，而不是禮物本身的價值。

　　她見瑤瑤這麼喜歡這份禮物，心中十分慶幸自己做了一個明智的決定。

第八章　開在家中的精品店

「生日會即將開始了，你們快來

我家吧！」宋瑤瑤捧着生日蛋糕，歡

天喜地的把文樂心和吳慧珠，迎到她
位於隔鄰的家。

　　來應門的宋婆婆見到她們，都十
分高興地笑道：「歡迎你們啊！」

　　吳慧珠剛踏進宋瑤瑤的家，就覺

得眼前一亮，只見屋內的裝潢陳設都十分講究，風格跟文樂心的家完全不一樣！

客廳旁邊的牆身上，鋪設了一面巨型的半透明茶色玻璃，再配上一整套設計精巧的白木家具，以及一盞閃爍生輝的水晶吊燈，令客廳看起來既寬敞又明亮。

文樂心的家十分整潔舒適，與這種高雅的裝潢相比，明顯是兩種不同的風格。

沒想到不過一牆之隔，竟是大大的不同，吳慧珠不禁驚歎連聲道：「瑤

　瑤，你的家很漂亮呢！」

　　宋瑤瑤卻不大欣賞地猛搖着頭：

「像鏡子那樣冷冰冰的有什麼好？冬

天時會顯得特別冷，我倒是喜歡心心

的家，好溫馨！」

不一會兒，江小柔、高立民和胡直都來了。

江小柔一踏進屋子，便直接往廚房的方向跑去。

一隻淺棕色的小花貓，正蹲在精緻的小貓窩內，悠然自得地輕咬着一個小圓球，小柔一把將牠抱在懷裏，溫柔地輕撫着問：「妙妙，最近好嗎？」

妙妙原本是江小柔家中的小貓，現時在瑤瑤家中寄養，所以小柔會不時到瑤瑤家探望。

至於高立民和胡直，那就更是不

客氣了，不停地到處東摸摸、西看看。

　　突然，他們的目光同時被電視機旁的玻璃飾櫃吸引住。

　　這是一座足有一米多闊的玻璃櫃，裏面擺放着各式各樣的小擺設及玩具，當中包括各種款式的飛機和汽車的模型、迷你小洋房模型、不同名人的人偶、卡通人物造型的毛娃娃等等，數量及種類之多，幾乎可以跟精品店媲美。

　　高立民疑惑地問：「瑤瑤，你是把精品店開在家裏了嗎？」

　　忽然，胡直起勁地拍着高立民的

肩膊，指着櫃子中一套穿着球衣的人偶，大呼小叫地道：「兄弟，你看，這可是我最喜歡的美國職業籃球隊啊！」

而高立民卻是被一個電車模型迷住了：「那輛綠色電車也很逼真，而且還有路軌，是可以遙控的呢！」

其他人聽到了高立民的話，都爭相上前觀賞。

文樂心看着看着，卻忽然「咦」了一聲，抬頭指着一個放在櫃子頂層，印着少女圖案的鐵盒子，語帶激動地喊道：「天啊，原來你擁有全套

　　模特兒遊戲卡，而且還是限量版呢！」

　　宋瑤瑤聳了聳肩道：「是嗎？我也沒注意，這些都是爸爸出差回來時，送給我的禮物。」

　　「這些模型都不便宜，你爸爸真

大方！」胡直一臉羨慕地說。

「只可惜，這些都不是我喜歡的。」宋瑤瑤很不以為然地搖搖頭。

她想了想，忽然提出了一個驚人的建議：「你們似乎都挺喜歡這些東西。我看不如這樣，我們來玩一個遊戲，誰能從中勝出，我就送他一件玩具，好嗎？」

一時間，大家都被瑤瑤的慷慨，嚇得目瞪口呆。

吳慧珠乾笑一聲道：「瑤瑤，你是在開玩笑的吧？」

正當大家都以為宋瑤瑤只是在開玩笑的時候，她已經從茶几下面，取出一盒彈珠跳棋，向大家擠一擠眼睛道：「來，大家一起下一局棋，誰能最先勝出，誰就可以挑選一件心愛的

玩具回家！」

　　這個主意既然是瑤瑤主動提出，又切合大家心中所想，大家都熱烈地答應道：「好呀！」

　　於是，一場激烈的戰事便一觸即發，大家都絞盡腦汁，以求取得最後勝利。

　　對於擅長下圍棋的文樂心來說，跳棋根本沒什麼難度，跟其他人比起來，自然更得心應手，三兩下子便已經率先勝出。

　　「耶，我贏了呢！」文樂心興奮得手舞足蹈。

宋瑤瑤也信守諾言，笑眯眯地指着玻璃櫃道：「心心，快來挑選禮物吧！」

毫無疑問，文樂心的選擇當然就是她一直夢寐以求的模特兒遊戲卡！

鐵盒封面上，印着三個分別穿着洋裝、華服及和服的少女，每件衣服的款式都別具韻味，跟市面上買的遊戲卡相比，明顯精

美得多。

　　「果然是限量版啊！」文樂心幾乎是抱着一種朝聖的心情，再三地撫了撫盒子後，才戰戰兢兢地從中取出遊戲卡，一張又一張地仔細觀賞。

　　旁邊的吳慧珠一直緊盯着那個鐵盒子，完全無法把視線移開。

　　文樂心注意到吳慧珠的異樣，於是拍了拍鐵盒子，主動向吳慧珠提出

道：「一整套遊戲卡，數量實在是太多，我一個人玩不完，不如我們來平分吧！」

吳慧珠受寵若驚，急忙擺手道：「不好吧？這是瑤瑤送給你的啊！」

「我只是想為物件，找到真正懂得珍惜它們的主人，所以你們不必顧慮我，只要你們高興就好！」瑤瑤笑着聳了聳肩。

高立民見瑤瑤如此大方，便厚着臉皮笑問：「既然如此，不如就多送一份禮物嘛！」

瑤瑤還未及回應，文樂心已回頭

對他說：「貪心鬼，你想得美！」

就在這時，一直坐在沙發上旁觀的宋婆婆，笑着提議道：「時間不早了，你們餓了吧？不如我們切蛋糕吧！」

高立民見宋爸爸還沒回來，連忙乖巧地道：「婆婆，我們不餓，不如等宋叔叔回來後再一起吃吧！」

「不必了，他剛打電話回來，說今天有事回不來了。待他回來後，他自己會再跟瑤瑤慶祝的。」宋婆婆微微一笑道。

宋瑤瑤臉上的笑顏，一下子都沒

了蹤影，生氣地一跺腳道：「他又是
這樣！」

　　看到這一幕，大家才有些明白，
為何宋叔叔送了這麼多玩具給瑤瑤，
瑤瑤也不開心。

文樂心狠狠地看了高立民一眼，然後回頭笑着安慰瑤瑤道：「其實這樣也不錯，宋叔叔待會兒再跟你慶祝，那麼你一個生日，就可以分兩回慶祝了！」

　　江小柔也趕緊笑着附和：「對啊，同一件事可以開心兩回，也挺划算呢！」

　　吳慧珠趁機把蛋糕捧了出來，燃起蠟燭，帶領大家唱起生日歌來。

　　經過大家一輪安慰後，瑤瑤的臉上，才總算有了一絲笑意。

 第十章 物換星移

　　渴望已久的遊戲卡，忽然從天而降，文樂心覺得自己幸運得像在做夢似的，令她興奮得整夜難眠。

第二天上學時，她還特意把剛到手的遊戲卡帶回學校，向同學們炫耀一番。

　　女生們見到鐵盒子，都讚口不絕地道：「這個鐵盒裝的限量版，設計得十分精緻啊！」

　　一位女生好不羨慕地問：「這個限量版我想買很久了，只可惜一直找不到，你是從哪兒買來的？」

　　正當她們聊得起勁時，謝海詩剛巧路過，文樂心連忙跳起身，將她一把攔住，「今天下課後，你敢不敢跟我到商場玩一局？」

謝海詩瞄了一眼她手上的卡，淡淡地一笑道：「我已經沒有玩這些遊戲卡很久了，我現在喜歡聽音樂多一點！」

　　文樂心歪着頭，以挑戰的眼神望着謝海詩道：「怎麼啦？你不敢嗎？」

謝海詩傲然地昂起頭：「開玩笑，你不過是我的手下敗將，我怕什麼？」

　　「那麼我們一言為定喔！」文樂心興致勃勃地道。

　　好不容易等到下課，文樂心、江

　　小柔、吳慧珠和謝海詩便立刻收拾書
包，直向着商場的兒童天地奔去。

　　當她們還沒來到兒童部，便遠
遠發現遊戲機前，有兩個人正在玩
遊戲。

　　這兩個人同樣穿着校服,但不同的是,他們都是男生。

　　吳慧珠詫異地說:「奇怪,怎麼竟然有男生喜歡玩模特兒遊戲?」

　　文樂心和江小柔「撲哧」一聲笑了,但隨即又覺得這樣很不禮貌,於是連忙掩住嘴巴,低聲道:「珠珠,

你這樣似乎有點性別歧視啊！」

「我沒有，我只是覺得有些稀奇嘛！」珠珠攤了攤手。

謝海詩定睛地望着這兩位男生的背影，覺得有點眼熟，不禁疑惑地道：「他們好像是我們認識的人啊！」

「是嗎？」她們正想看清楚時，其中一位有點微胖的男生忽然「哎呀」地大喊一聲，然後站起身來，生氣地道：「不是說是高科技遊戲嗎？怎麼這按鈕如此遲鈍？我分明是要贏的了，可惡！」

另一位身材較瘦削的男生笑着接

口道：「我倒是覺得很不錯，也許只是遊戲太新，我們還未掌握遊戲的玩法而已！」

正當他們慢慢轉過身來，她們才看清楚，二人正是黃子祺和周志明。

「怎麼去到哪兒都能碰到他們啊！」文樂心自言自語道。

然而，這還不是最奇怪的。

最令她們感到震驚的是，他們正在玩的那台遊戲機，竟然不是模特兒遊戲機，而是一台立體賽車遊戲機！

這到底是怎麼回事？大家都不禁呆住了。

文樂心這一驚非同小可，連忙急步走到櫃台前，指着賽車遊戲機的方向，向女店員詢問道：「姐姐，請問原先那台模特兒遊戲機呢？為什麼不見了？」

店員姐姐微微一笑道：「真抱歉，那台遊戲機早前出現故障，我們已經把它換掉了！」

吳慧珠也急了，馬上追問道：「為什麼就換掉了呢？遊戲機是送去維修嗎？什麼時候能把它送回來？」

「維修遊戲機並不是一件簡單的事，我們得把它送回原廠，費用十分

昂貴。而這台遊戲機已經流行了好幾年，店主覺得與其花一大筆維修費，倒不如添置一部最新款的遊戲機會更划算。」店員姐姐耐心地解釋道。

「那麼我們豈不是以後都玩不了啊！」吳慧珠失落地喊。

然而，對於文樂心來說，這已經不單單是失落。自己一直渴求而不可得的東西，好不容易終於擁有了，誰知她還來不及高興，這些寶貝便變成被淘汰掉的廢紙，這個事實也太殘酷了吧？

她一動不動地盯着手上那個七彩

繽紛的鐵盒子，一時間，竟難過得說不出話來。

　　江小柔明白她心裏難受，連忙勸解道：「這兒的遊戲機雖然已經被換掉，但我相信在別的地方還會有的。」

　　黃子祺笑道：「小辮子，你也太誇張了吧？不過就是送走一台遊戲機，又不是送別朋友，有

什麼好難過的？」

　　周志明輕拍那台新的遊戲機，笑嘻嘻地接着說：「對啊，這些流行玩意，偶然玩玩也就算了，幹嗎這麼認真啊？」

「我才不像你們這樣喜新厭舊啊！」文樂心本來也沒什麼，但經他們這麼一說，禁不住一抿嘴巴，一副快要哭出來的樣子，「我並非只是為了趕潮流才收集遊戲卡，而是真心喜歡的啊！」

謝海詩托了托眼鏡道：「這也是沒辦法的事！流行玩意本來就不會長久，一旦失去新鮮感，便會瞬即被新的事物所取代，這就是大人們口中的潮流吧！」

第十一章　美好的回憶

　　自從發現模特兒遊戲機被淘汰後，文樂心感到分外失落，空餘時都無所事事，也不知道該幹什麼才好。

　　同學們見她整天悶悶不樂的樣子，都想着要找些什麼來逗她開心。

　　江小柔率先提議道：「心心，《鬥嘴一班》系列出版了新一期，今天下課後，不如我們到書店看看書好嗎？」

　　「我不去了，下次吧！」文樂心完全提不起勁。

吳慧珠也接着道：「聽說最近有一家大型的日本超級市場，在附近的商場開業，售賣日本的各式小吃，我們一起去逛逛吧！」

　　文樂心看了珠珠一眼，搖搖頭道：「逛商場？我已經沒錢買東西了啊！」

正當大家都無計可施的時候，謝海詩忽然靈機一觸，「對了，你們有聽說過《星星之歌》這首歌嗎？它的旋律特別動聽呢！」

黃子祺一聽，立刻舉手道：「我知道，這首歌是近期一套卡通片的主題曲！」

江小柔也附和道：「沒錯，我也聽過這首歌，無論歌詞和旋律都挺不錯的！」

「心心，你要聽聽嗎？」謝海詩把左邊的耳機遞給文樂心。

　　文樂心聽大家都讚不絕口，於是接過耳機，跟她一起聽起來。

　　這首歌的旋律真的很柔和，再加上歌手那把帶有磁性的嗓子，聽上去十分舒暢，令原本心情鬱悶的文樂

心，轉瞬間變得平靜多了。

　　文樂心豎起大拇指讚道：「海詩，你果然是好介紹啊！這首歌是誰唱的？」

　　「她叫萬兒，是近期最受歡迎的女歌手呢！」謝海詩一提到她，雙眼頓時閃閃發光。

　　文樂心好奇地接着問：「那麼，除了這首歌之外，她還唱過什麼歌？」

　　她這一問，謝海詩可就起勁了，急忙熱心地推介道：「她唱過的歌可多了，而且很多都很不錯的，你有空的時候，可以找來聽聽啊！」

自此之
後，文樂心
便開始注意這
位叫萬兒的
歌手。每當
空閒的時候，
她便會打開電台或
電視機，收聽跟她相關的音樂節目。

　　模特兒遊戲卡這件事對她來說，
漸漸也就只是一段
美好的回憶了。

這天午飯時，黃子祺揚着一張宣傳單張，一臉興奮地對大家說：「萬兒即將舉行見面會，大家要不要一起參加啊？」

吳慧珠即時滿感興趣地問：「我們可以參加嗎？要怎麼報名啊？」

黃子祺正要回應，謝海詩已經搶先回答道：「你可以到她的官方網站上預訂門票，或者直接到售票處購買都可以啊！」

文樂心一聽，頓時遲疑起來：「一張門票的售價是多少啊？」

「大概是五百多元吧！」黃子祺回答。

「什麼？要五百多元這麼昂貴？」吳慧珠嚇了一跳。

黃子祺搖搖頭解釋道：「跟其他歌手相比，這個價錢其實已經很合理了。門票當中，還包括了一場小型演

唱會、一張親筆簽名海報和一本紀念相冊呢！」

對於喜歡她的歌迷來說，的確是很誘人，如果換作以前，為了一睹偶像的風采，文樂心也許真的願意一擲千金。

然而，經過上次遊戲卡事件的教訓後，文樂心答應過自己，再也不會沉迷在這些虛幻而短暫的物質上了。

她情願把心思和金錢，花在更有意義的事情上。

於是，她搖搖頭道：「雖然我也挺欣賞萬兒的歌聲，但只限於欣賞而

已，只要能偶然透過媒體，聽聽她的歌，看看她的演出，便已經足夠了。」

江小柔雙眼靈敏地一轉道：「如果大家只想聽音樂，其實可以不必花錢的啊！」

「這麼好？快說來聽聽！」黃子祺連忙追問。

江小柔接着說：「高立民、心心和我都是管弦樂團的成員，由我們來演奏萬兒的歌曲，不就可以既不花錢又開心嗎？」

文樂心高興地和議：「我們還可以邀請瑤瑤一同參與呢！」

　　高立民也點頭贊成：「我們還可以辦一場小小的私人演奏會。既能娛人又能娛己，一舉兩得啊！」

　　「太好了，我可以聽免費的音樂會呢！」吳慧珠拍掌叫好。

　　「既然大家負責演奏，那我也

不能閒着，不如就由我來為大家獻唱吧！」黃子祺毛遂自薦。

大家趕緊連連擺手，笑着説：「這就不勞你大駕了，我們自己唱就好！」

他們一說完，立刻不約而同地像

受驚的鳥獸那樣四處逃散。

　　黃子祺撓着頭，一臉委屈地喃喃自語：「我的歌喉那麼好，怎麼大家都不懂得欣賞呀？」

鬥嘴一班學習系列

- 每冊包含《鬥嘴一班》系列作者卓瑩為不同學習內容量身創作的 全新漫畫故事，從趣味中引起讀者學習不同科目的興趣。
- 學習內容由 不同範疇的專家和教師撰寫，給讀者詳盡又扎實的學科知識。

本系列圖書

英文科
漫畫故事創作：卓瑩
學科知識編寫：Aman Chiu

最新出版

精心設計 36 個英文填字游戲，依照生活篇、社區篇、知識篇三類主題分類，系統地引導學習，幫助讀者輕鬆掌握英文詞語。

中文科
漫畫故事創作：卓瑩
學科知識編寫：宋詒瑞

成語

錯別字

兩冊分別介紹成語的解釋、典故、近義和反義成語；以及常見錯別字的辨別方法、字義、組詞和例句，並提供相應練習，讓讀者邊學邊鞏固知識！

常識科
漫畫故事創作：卓瑩
學科知識編寫：新雅編輯室

透過討論各種常識議題，啟發讀者思考「健康生活、科學與科技、人與環境、中外文化及關心社會」5 大常識範疇的內容。

數學科
漫畫故事創作：卓瑩
學科知識編寫：程志祥

精心設計 90 道訓練數字邏輯、圖形與空間的數學謎題，幫助讀者開發左腦的運算能力和發揮右腦的創造潛能。

各大書店有售！

定價：$78 / 冊

三國風雲人物傳

從三國傳奇人物的故事，
認識風雲變幻的時代！

最新
出版

① 隱世高人諸葛亮
少年諸葛亮如何發揮
其才能與膽識？

② 諸葛亮的神機妙算
諸葛亮如何憑神機妙算
助蜀國三分天下？

③ 顛沛英雄劉備
劉備如何從小小縣令
走上諸侯的行列？

④ 劉備的禮賢德治
得到智囊的出謀獻策，
劉備能否實現復興漢室的宏願？

由著名兒童文學作家**宋詒瑞**編著
適合初小或以上學生閱讀的三國橋樑書
淺白文字配以精美插圖，精選三國風雲人物的精彩故事

鬥嘴一班

潮流狂迷

作　　者：卓瑩
插　　圖：Alice Ma
責任編輯：葉楚溶
美術設計：鄭雅玲
出　　版：新雅文化事業有限公司
　　　　　香港英皇道 499 號北角工業大廈 18 樓
　　　　　電話：(852) 2138 7998
　　　　　傳真：(852) 2597 4003
　　　　　網址：http://www.sunya.com.hk
　　　　　電郵：marketing@sunya.com.hk
發　　行：香港聯合書刊物流有限公司
　　　　　香港荃灣德士古道 220-248 號荃灣工業中心 16 樓
　　　　　電話：(852) 2150 2100
　　　　　傳真：(852) 2407 3062
　　　　　電郵：info@suplogistics.com.hk
印　　刷：中華商務彩色印刷有限公司
　　　　　香港新界大埔汀麗路 36 號
版　　次：二〇二一年七月初版
　　　　　二〇二二年九月第二次印刷
版權所有·不准翻印

ISBN: 978-962-08-7824-4
© 2021 Sun Ya Publications (HK) Ltd.
18/F, North Point Industrial Building, 499 King's Road, Hong Kong
Published in Hong Kong, China
Printed in China